LITÍGIO

Litígio
Mailson Furtado

Copyright © Mailson Furtado, 2025
© Moinhos, 2025.

Edição Nathan Matos
Assistente Editorial Aline Teixeira
Revisão Aline Teixeira e Nathan Matos
Diagramação Luís Otávio Ferreira
Capa Sérgio Ricardo

Dados Internacionais de Catalogação na Publicação (CIP) de acordo com ISBD

F992l Furtado, Mailson
Litígio / Mailson Furtado. – São Paulo : Moinhos, 2025.
96 p. ; 14cm x 21cm.
ISBN: 978-65-5681-181-9
1. Literatura brasileira. 2. Contos. I. Título.
2025-224
CDD 869.8992301
CDU 821.134.3(81)-34

Elaborado por Odilio Hilario Moreira Junior - CRB-8/9949

Índice para catálogo sistemático:
1. Literatura brasileira: Contos 869.8992301
2. Literatura brasileira: Contos 821.134.3(81)-34

Todos os direitos desta edição reservados à Editora Moinhos
www.editoramoinhos.com.br
contato@editoramoinhos.com.br
Facebook.com/EditoraMoinhos
Instagram.com/EditoraMoinhos

a Fred di Giacomo,
a Rafa Carvalho,
a Gilmar de Carvalho

9   sossego do susto
15 à margem
21 amor
25 manoel
31 dalva
35 duas da tarde
39 à beira das calçadas
45 noite
49 bodega
55 a rua única
61 pedido
65 a ponte
69 litígio
75 despedida
79 sentinela
85 do último gole

sossego do susto

armada entre tarrafas
a canoa se impõe em vida própria.

                         vai.

a noite mergulhada açude adentro
tropeça no banzeiro com a lua já a convite
que sem qualquer vaidade –
testemunha.

o menino – fantasiado de aventura –
aos primeiros passos acompanha o pai.

    Vira a canoa!, meu fii, tá vendo o vento, não?
    Desse jeito o barco ganha às pedras.
    Avie, suba.

driblando a lama da margem
se trepa à canoa
e junto ao filho segue até amanhã.

dali
já se vê a noite da cidade
se pôr de pé
no alumiar dos postes –
a mesma noite
só que doutro jeito.

grunhidos de rãs
           grilos

zumbidos de muriçocas
palpitam sobre escolhas.

tudo se ouve
mas ninguém repara.
tudo pralém –
abstrato
tudo pralém –
enxerimento de silêncio.

>*Espia a Lua.*
>*Segue praquele rumo.*
>*Segue.*
>*É prali que a noite segue.*

e bate-e-puxa remo.
bate-e-puxa.
bate-e-puxa.
e

>*Aqui é o ponto. Sossega.*
>*Mais com pouca nós apronta as tarrafas.*

no desenlinhar das redes
a canoa se põe a dormir
(sabe mais de nada)
e já não é mais.

>as gentes
>o barco
>as águas
>o tempo

não mais
tudo a mesma coisa
tudo o mesmo nome
a mesma dimensão
a mesma coordenada.

se abarrota o tempo marcado ao céu ante o passeio da lua.
o pai inerte a surpresas
coreografa o que já des-
aprendeu.

faz.

as redes abraçam as águas sem qualquer esforço
e se afogam na sede.
o menino a espantar-se
espanta tudo –
fica.

> *E esse assombro, meu fii?*
> *Num tem pra quê.*
> *Assim tu espanta os peixes.*

o menino ali – uma vírgula no meio de tudo
sem entender:

> *Tinha vindo pra essas bandas não, pai.*
> *Aperreie não.*
> *Aperreie não.*

o pai engolindo a briga
acalma:

> *guarda esse medo.*
> *A vida é ou num é isso todo dia?*

calado o menino vira-se
desentendendo.

> *É.*

e deixa de ser.
fica.

e tudo se emborca em si mesmo.

[...]

os peixes ao nó-cego do nylon
desnascem.
um aqui
outro ali
muitos não –
noite fraca.

> *Puxa, menino, é o que tem pra hoje.*

um a um
os instantes sem tamanho iam-se.

já horas –
na curva do olhar aparece o amanhã
e tudo volta a ser o que era:

o açude – açude
a canoa – canoa
o tempo – a mesma bagunça.

desconfiado o menino afogado em não saber
des-entende:

>*pai, e tudo isso não barulha seu juízo não?*
>*Te digo que tô ariado.*
>*Tô sabendo voltar não.*

com um riso de canto de boca
a esconder calos do tempo
divaga:

>*meu fii, sei não,*
>*pra que a vida se não pra sossegar sustos?*
>*Pra quê?*

descarregam a sorte da noite
e dia adentro seguem.

trôpego
o menino s'embala à cidade
a des-saber-se
com uma nova gramática
a correr na sua própria calmaria

e fica.

à margem

céu acima
salpicava a água do abarcar das roupas no lajeiro.
corria a meninada
às saias das mães no brincar na beira d'água.

> *Nazinha! Nazinha, deixa de carreira.*
> *Já se estrepa na lisura dessas pedras.*
> *Vá estender as roupas lá em cima.*
> *E cuida de ficar olhando*
> *pra mode os bichos não fazerem sujeira.*

assim ganhavam
(as roupas)
às mãos das meninas
que as colocavam a quarar ao sol bruto na pausa do brincar.
fuxicos se entrançavam a cantigas manhã adentro
logo depois do café de bem cedo
ante as roupas limpas de amanhã.

> *Lava, lava, lavadeira*
> *Bota as roupas pra quarar*
> *Que se o sol enxuga o dia*
> *Traz a lua o serenar*
> *Ôh, lavaaaaaa!*

assim desenhavam
as lavadeiras
as margens das águas.

grande parte
roupa de gente rica lá da banda da rua
que semana a semana trocava a trouxa.
as demais
roupas de casa –
que de tão importantes
davam dinheiro não.

e molha.
e ensaboa.
e enxagua.
e de novo e de novo e
de novo.
dia sim dia não
dali
ainda tinha que dar tempo botar o almoço no fogo.

—

> *Espia, cumadi, onde já num tão os menino.*
> *Guto já lá do outro lado, Nazinha no mêi d'água.*
> *Mas é um precipício um negócio desses, Nazinha!*
> *Ôh Nazinha, num pedi pra tu olhar as roupa.*
>
> *[...]*
>
> *Cumadi, Nazinha tá se batendo.*
> *Tá mais saindo do canto não, tá se afogando.*
> *Nazinha! Nazinha!*
> *Pelo amor de Deus!*
> *Nazinhaaaaaa...*

—

corre.

a mãe a se bater dentro d'água
des-faz-se.

deu tempo não.

deu tempo não.

canoa nenhuma
por ali
pra cavucar as águas.
gente nenhuma.
apenas a tempestade carne adentro daquelas horas
daquelas mulheres
daquela mãe órfã
daqueles moleques

ali!

a desenhar o açude sem margens
que já tanto fez como tanto faz.

> *Menino, corre, vai chamar o Zé na Feira!*
> *Corre, pelo amor de Deus.*

e foi.

e vindo gente.

e vindo gente.

> *Meu povo, num se afoitem, tão vendo não?,*
> *essa água tá reimosa.*
> *Valei-me, meu Nosso Senhor.*

podia gritar.
podia gritar.

tudo besteira.
tinha mais jeito não.

> *Minha menina, minha menina...*

sem gritos. desistira a mãe.
outro olho d'água a despejar-se entre as curvas de um antigo sorriso –
tudo um mesmo rio:
carne-terra.

o último homem a sair da água desdizia:

> *Oh cumadi, mergulhei o que deu, muito fundo, muito fundo.*
> *Agora, só muita reza.*
> *É esperar. Tudo é daqui três dias.*
> *Três dias e ela sobe.*
> *Um anjinho a mais pro céu.*
> *Deus tenha misericórdia.*

e todos vão e todos ficam.

três dias.
três dias e tudo –
espera.

não há peixe à pesca.
qualquer roupa ao lajeiro.
qualquer cantiga.
tudo respeito.
tudo silêncio.

> *O açude é grande demais, pode subir em qualquer lugar.*

e sozinho o relógio não bastava
sozinho era mudo
caducava.
e descobria-se não.
sem lugar pra saber descobria-se não.

Não adianta vexame.
Quando derem os três dias,
é botar pra boiar uma vela numa cuia,
que ela vai bater em cima.
Tem erro não.

parada no terceiro dia
a sei quanto de lonjura
lá estava a luz a boiar
clareando aquele corpo sem forma
quase anjo a ser enterrada antes da morte.

o mundo desconfiado ficava menor.

–

céu acima salpicava água.
dormiam as cantigas
– às roupas –
que no lajeiro de luto
ainda quararam.

amor

na manhã daquela terça-feira
amor falecia de um infarto agudo do miocárdio.
raso –
o pulso seguia o palpite.
a vida.
tremi.

soube pelo fuxico na esquina do mercado.

> *Que tristeza! Aguentou não.*
> *Durou foi muito, foi não? Numa vida daquelas.*
> *Que fique bem.*
> *Coitado, não aguentou...*

saberia não pela rádio.
saberia não.
notícia mais sem prestes!
não passasse na praça
saberia não.
passei.
e ele nunca esteve tão lá.

estava.

tantas tantas vezes ali passei.
mas de lembrança
a primeira que o procurei.
agora.
estava lá faceiro à vida.
estava lá.

um vulto em carne.
eu – sei não
e me vinha os dias.
noutro
no relance de um hoje
me intimava:

    Vexada hoje não, mocinha?

ria.

    Êta vida sem balanço.
    Dia é.
    Dia num é.

ria.
eu ria.
amor –
uma graça.

naquele dia triste
do outro lado da praça lá estava
o via sublime em seu canto.
quieto.
brincava com o tempo –

    meu amigo! Meu amigo.

quieto a um quase monumento de vento.

    Diia, sêo!
    Corra, se não o almoço não lhe espera.
    Óh a estrada, cuidado prela num trupicar nos pés.
    Tem não um trocadinho?!

encrencava.
vez ou outra um bofete
        um riso apressado
vezes
        um pensar à prestação.

dia desses me parou.
sem ter-pra-que me dava conselhos.
misturava política a estórias de trancoso
a dizer da vida e dos seus não-saberes.

    Fácil não, minha fia, fácil não.

deixou eu sair sem pagar não.

    Mocinha, nada é de graça.
    Pensando o quê?
    Pensando o quê?
    Ganhei isso de graça não.
    Muita pêa. Muita!

[...]

    Vá, minha fia, Deus lhe dê fortuna.
    Vá, vá.

amor era esse tropeço na estrada
que nos planos não fazia questão de estar.

e lá estava
suspenso em seu canto.
já não encrencava com a estrada
que a toda hora inventava gentes.
ria.

ria
do próprio riso –
ria.
e eu chorei.

uma flor exposta aquele meu canto –
colhi.
a quantos passos
ao seu canto
deixei.

> *Ah, Amor.*
> *A estrada é essa.*
> *Pensando que a vida é fácil?*
> *[...]*
> *Ah, Amor, te vai.*
> *Te vai!*

inocente
me namorou o olhar.
acho que não soube mais de nada
e (só) foi.
foi meu último tropeço.

fui.

PS.: amor morreu na manhã daquela terça-feira de um infarto agudo do miocárdio. amor por muitos anos viveu naquela praça. e de amanhã em diante já não ofertaria conselhos, nem pediria esmolas. ademais, seu canto segue exposto para quem por a-ventura deseje tropeçar.

manoel

numa manhã de feira
manoel saiu de casa
sem satisfação a quem interessasse.
foi.

abotinou a rua junto de uma mala com duas mudas de
roupas
um caderno
um lápis-a-apontar
e o vazio da estrada sempre perene.

já distante
os vizinhos de antes acusavam retalhos
de porquês praquela ida.

> *O que terá sido com Manel? Saiu sem notícia.*
> *Deve ser dívida. Chifre.*
> *Promessa de morte, talvez.*
> *Será, cumpadi?*
> *Num duvido de nada. Num tem cabeça que aguente.*
> *Tem não, cumpadi. Tem não.*

manoel soube não.
desses dizeres já distantes ficou pelo caminho.
já distante. ia.

desprendeu-se.

foram anos futucando ruas que eram de ninguém.
descalçou-se.

desistiu de camisas.
o sol embrulhou seu peito rodeado a pingentes
a entaramelar supostas des-crenças.
junto à mala – guardava seu curto morar –
a punha cabeça acima.
indo.
indo
des-passava o tempo
adulando sombras
costurava os dias.

à rua
manoel chegava.
cravava uma sombra do dia à noite
e esmorecia.
a rua guardada dentro das casas
de rabo de olho duvidava de tamanho desleixo.
muitos já o sabiam.
os que não –
intimavam os policiais a uma satisfação:

Doutor, faça alguma coisa.
Sabe-se lá de onde vem.

[...]

Senhora, faz nada com ninguém não.
Toda semana vem alguém com o mesmo converseiro.
Se aborreça não.
Semana que vem, já não tá mais lá.

[...]

Mas Doutor?!
e a rua esmorecia.

nos primeiros dias negava-se a partilha
logo mais des-via-se.

manoel pedia não.
vezes o viam
mais um dia sem nada daquele homem comer –
uma-outra janela se aguentava não
sentia fome
sentiam.
havia quem despejasse de-comer naquela sombra sem
parêa.
recebendo –
do caderno rasgava um desenho e premiava a entrega
de não-entendimentos.
muitos dos rascunhos sequer dobravam a esquina
ficavam
iam
sem qualquer fé.

vez por outra em passagens sem pressa
a manoel ofertavam trocados do bolso.
afoito des-entregava.
des-sabia de dinheiro.

Tome. Preciso não.
Dinheiro paga o agora não.
É só promessa de alguma coisa.
Preciso não.

des-sabiam.
nem pensavam.
com raiva o enxotavam.
e junto à mala
seguia.

noutra rua
voltava –
o mesmo emborco.
assim percorria calendários
já o sabiam.
havia já quem o procurasse para qualquer conversa
e manoel a ser

    ninguém

permitia que todos o fossem.
tinha intriga não.
tinha apego não.

    Ah coragem de sair nesse mundão, Manel,
    sem me preocupar com nada como tu.
    Como tu fez, hein?
    Ah, como eu queria.

des-entendiam e assim o desejavam.

    Como pode?

ficava.
à rua ficava.

pitava pé-duros
rascunhava desenhos geométricos despistando porquês.

era um verbo intransitivo –
era.
de tanto já não o curiavam na rua.
ao calçamento tropicava.
às calçadas –
encolhia.
ao chafariz banhava-se.
nu.
de tudo já não o viam
foi indo
in-

sumiu.

noutro dia o lembraram.
distante o souberam ainda –
garimpava estradas diante os próprios pés.
a mesma estrada ainda lá fora
a mesma estrada.

dalva

a manhã cedo abria-se
des-noitando-se.

o dia outra-mesma parada.

dalva acudia com sua vassoura
chegava antes
e ali tudo dela.

de uma ponta à outra do quarteirão –
tudo dela.
o que podia: varrer.
trabalho não.
nenhum favor.
sem ter pra quê –
fazia.
a rua faceira esperava.
e o dia se punha de pé.

sem compromissos quarava a rua
com o poste caducando luz.

chegava dalva.

à vassoura –
valsava desfazendo passos de ontem.

ninguém via.

quando por fé a rua já pronta para o uso.

ninguém via.

lá juntas sem qualquer acusação:
mongubas
sempre-verdes
bitucas de cigarros
tampas de guaraná
a rascunharem pedaços de não-histórias
sem qualquer novidade.
e tudo de-novo
e dalva seguia.

juntava histórias das calçadas
que ninguém dava por onde.
e feito –
emburacava casa adentro.
o dia começava sem ninguém reparar.

–
era ontem ainda
sem novidade dalva acordou.
empunhou a vassoura
e saiu a inaugurar o dia de sempre.
refez os mesmos passos
desfez os outros passos
e o dia alumiou.
casa adentro foi.

não saiu mais.
não mais.
ainda naquela manhã dalva…

ninguém mais soube nada.
tudo esmoreceu.
calada
– a rua –
desembainhou o que não sabia sentir.
tudo emborcou-se:
a bodega trancada
as calçadas sem fuxico
as casas silentes aos próprios desejos.
tudo des-
soube-se.

uns a olhavam
outros em prantos rasos.
exposta ao próprio velório –
dalva seguia.
ainda às cinco seguiu em cortejo.
sem volta.

sem volta.

já o poste aceso.

em respeito –
as casas se guardaram já depois do jantar
e tudo calou.

quede o amanhã?
já hora.
dalva não mais.

a rua órfã tropeçou em não saber.
já hora e quede tudo?

—
como sempre ninguém acordou antes da hora.
de pé se punha a rua e lá fora chovia.

duas da tarde

duas da tarde a rua se guarda
sem qualquer motivo de fuga
s'esconde.

tudo demora.

sêo rindá tambecando
driblando um cachorro cá acolá
anuncia em quase-charanga
seus picolés-de-gelo
desacordando o cansaço do de-comer.

>*Picolés no saco e no palito.*
>*Picolés.*
>*Mais frescos num tem.*
>*Picolés no saco e palito.*
>*Picolés. Fresquins. Fresquins.*

em diálogo ao próprio grito
responde:

>*Picolés.*

em diálogo ao próprio eco.
esmorece.

em passos se curva ao atrás
e sem sombra
apoiado ao isopor

cascavia o amparo nos oitizeiros
            vezes-quando a pés-de-mongubas
                        ao tamarineiro
encolhido ao próprio pé.

sem esperanças espera o sol esfriar.

naquela tarde fraca
calmo
da pochete conta os farelos de moedas
que mal pagam a mercadoria.
lamuria o que ainda não ganhou
e espia.

a rua ainda dentro das casas
a não haver.
e quando-agora a ser ele –
rindá.
sêo.
e só.
mergulhado no próprio passar.

na quentura filosofa:
a esta hora pra que servem as tardes?
pra quê?
se não a novelas mexicanas
            sentinelas
            cortejos fúnebres
            e saídas sem motivo?
e lá – rindá –
a des-fazer-se
a ser a rua.
– sua missão –

última novidade que ninguém avisou.
e espia.

ali estanca
e é árvore
    sombra
    tempo
o que ainda está por vir.

sem ninguém burilar taramelas das janelas
de dentro o zunido do rádio
da tv
tudo uma mesma orquestra
ele calado anuncia seus picolés
e os vende
como quem vende nuvens.

ao lembrarem
logo a rua tropeça
e cresce.
o primeiro moleque:

    Um de coco queimado.

que chama outro.

    Um de castanha.
    Um de...

outro e outro e outro.
entre três ou quatro
um de graça.
de troco por vezes
uma promessa de amanhã.

uma história de trancoso.
entre três ou quatro
se vai o isopor.
e *sêo* rindá se amplia
na rua que o desconvida.
àquela hora já era outra coisa.
e na fuga dos únicos passos
desvai para amanhã –
única hora que (lhe) cabe.
se não nem ele às duas horas
ali vencem.
e já amanhã o outro-mesmo relógio.

tambecando já sem o peso do gelo
vagueia e vaga à rua pra o próximo motivo:
o café na queda da tarde
o poste acusando a lua
o pipoqueiro à boca da noite
o trago de cana na bodega cansada.

quando amanhã tudo de novo
às duas da tarde
sêo rindá
e a rua numa aventura mútua
de serem como podem

mas serem.

à beira das calçadas

caia o sol.
naquele tempo as cadeiras
já ganhavam o mundo
na beira de calçadas
– guardadas em alpendres –
a des-dizer histórias.

–

passo ante passo
riscava frei vidal
– que era da penha –
veredas sem antes e depois.
ia.
ranzinza de costumes
afirmava em cristo seus porquês.

> *Esse povo num quer.*
> *Quer viver em desatino.*
> *Mas tudo virá em troco.*
> *Tudo em castigo.*
> *Essas terras serão águas*
> *quando um bicho de asas subir debaixo do chão.*
> *Verão. Verão.*
> *Verão.*

assim anunciava o desatino dos próximos dias.
o sertão acabado em água
por culpa de um bicho debaixo do chão
que sairá a-voar.

peregrina
frei vidal riscou
sua vida
que virou lembrança há duzentos anos.
não viu iracema mergulhar os cabelos
na mesma água que invadiu seus olhos
do ipuçaba ao jatobá ao acaraú –
mesmas águas lotadas de promessas
               lotadas de anteontem
em passeio de janeiro a julho
quando no mais era poeira.

frei não viu
e já outro século –
o último pra segunda virada do milênio
depois de *cristo-nosso-senhor*.

    Daqui pra frente é um pulo pro fim do mundo, meu fii,

dizia meu bisavô
que assistiu por ali
o primeiro futucar de mar
na seca do 19 pelos homens do governo.
em 29 – o forquilha
em 36 – o jaibaras
nenhum deles capaz de avoar chão adentro
(ainda!)

rasgaram estradas
as mesmas de luzia – nunca homem –
as mesmas de cordeiro de andrade
de tantos cassacos em procissão
que em 52 acharam a ave guardada

nas brenhas do acaraú
e a deram por araras.

entre pedras
    piçarra
    concreto armado
   por sobre sangue
     suor destilado.
outros alicerces se adentram.
ali num cemitério
mergulhou para virar visagem
abalroado por bestas-feras a diesel
a espatifar o sol em suas latarias.

   Era muito fêi, meu fii.
   Zoadento demais.
   Começo do fim dos tempos.

e meu trisavô antes ali
guardou-se mar adentro –
chorava meu bisavô.

então o araras!
a profecia de pé.
das águas
dos ares?

ariado sertão adentro
embolou-se à própria forma
caducou na própria forma
açudou-se.
encantou-se ao canto verde das maracanãs
e chão adentro se embrenhou:

também réptil –
engolira almas
      corpos
      agouros
      máquinas
e o medo a medrar dos olhos d'água
expostos ao inóspito

    o sertão virou mar mesmo?

guardou-se ao menos.
parte mar
parte amazônida
parte o que há na ilha do fogo
e tantos dizeres de vistas de pescadores
em cantigas de lavadeiras que tomaram feiras –
serpente das tantas.

    Uma cobra gigante! Cumpadi!
    Muié, corre aqui. O novilho sumiu.
    Foi beber no açude, e cadê?
    Cumpadi, vi pra banda do Vaila-me-Deus
    um labacé doido. Uma cobra.
    Uma serpente.
    Um dia esse bicho ainda rasga essa parede
    e o Araras ganha o mundo.
    Discunjuro, hômi.
    Discunjuro.

—

desde então nunca mais se viu outros sumiços,

    que falta isso faz?

pensei sobre
ao ouvir o mesmo medo sobrevoar a cidade
quando um contador de histórias
à beira da calçada
com um poste ainda por acender
buscava adivinhas para amanhã.

noite

ao portão –
bati o cadeado.
mais um dia.
aquela hora transporte
já não mais.
a rua – sozinha –
um substantivo sem uso.
qualquer coisa.
a rua.

em desconfiança –
eu parto.
sequer a esperar meus passos.

na rua sem vestes:
barulha/baralha suposições.
meus olhos lado a lado levam meus pés.
des-vendo o tempo –
eu vou.
sem ao que perceber.
vou.

tantos quarteirões:
cachorros esquartejam lixo
gritos sussurram a noite doutros cantos.
os postes –
vistas terceiras.
naquela hora

a rua não espera a minha pressa.
eu vou.

dará tempo?
aonde?
aonde?

–
ao zilésimo passo –
alguém
à minha frente tropeça à própria queda.
se apara ao chão em agouros de agonia.
já não se força.
seu sangue já não o cabe.
sei lá se tiro.
se corte.
se sorte.
garimpa sossego ao chão –
solto e só:
morre.
mor-re.

a rua cúmplice des-avisa.
eu já não sei ao que olhar.
mudo:
grito.

(!).

nenhum nome a chamar.
nem nomes.
nem lembranças.
nem saudade.

nem ele.
eu só.

quede o grito?
o socorro?
só o seu corpo
a lembrar do meu e da vida que ali
– pedaço –
vai.

ali
– naquela hora –
já não sei.
eu não o sei.
nem ele a mim.
o tomo.
ainda arrasto seus olhos
.... e....
morremos

desconhecidos. ele a mim –
como sua última imagem.
eu a ele –
com sua morte à minha vida.
[...] em suspiros o abraço.
e.
o deixo.

entre os escombros levanto.
e vou.

–
sem caber em si –

a rua me acalma
e naquela noite eu morri
em paz.

bodega

de-manhãzinha
o troar do portão de latão anunciava o dia –
embiocado e meio caduco
ainda clareado pelo lumiar do poste
que começava.

bodega aberta.
o badalo da rua.
o badalo do dia.
uns já se preparavam pra busca dos pães.
outros entrochavam a ida pro roçado.
ainda outros sem outras horas
guardavam a espera pro já primeiro trago de cana.

a bodega – àquela hora –
o único caminho.
a cidade possível.

ali – desde antes –
de mão em mão pai despachava:
tragos de zinebra
serrana
cachaças de rótulo
mancheias de farinha
caramelos.

[?]
Tem não.
Buscando amanhã, talvez.

[...]
Carestia da peste, sêo...
Ora.

no reclamar voltavam.
acabava não.
amanhã de novo.
e a bodega ficava e
já um outro cômodo da casa.
uns de passagem buscavam
o que faltava.
iam.
naquela hora já com tantos caminhos –
a feira
a escola
a igreja
o roçado
a cozinha
a tv –
a bodega ficava na solidão de todos.

o dia corria e
aquela hora – já adolescente
seguia tantos mundos.
a manhã tantas vezes
– à bodega (sem vaidades) –
aguardo.
que quarava.
dos tantos caminhos sobrava-lhe
a espera.
não reclamava.
ali a hora de pai pagar as contas

repor mercadorias
plantar roçados
curiar notícias.

fim da tarde o dia se botava.
se abodegava.
no batente da calçada depois do serviço.
tudo ao mesmo tempo agora.
os que escolhiam a parada –
bodejavam sobre desavenças no mercado
                        na política
                                no caminhar das chuvas.

> *Pendoa não o milho esse ano, dando ainda é feijão.*
> *Cunversa!*
> *Tão sabendo do arrombar do açude do Zé de Sá?!*
> *Hômi, isso é história antiga, estrago pouco.*
> *Estrago fêi foi na época do arrombar do açude*
> *do cumpade Miguel.*
> *Foi no seco, hômi.*
> *Tu acredita?*
> *No seco?!*
> *Foi.*
> *Por isso que o estrago foi fêi.*
> *A parede caiu foi com tudo, sem água pra levar.*
> *Parecia aquelas explosão de dinamita.*
> *Hômi, caiu no vento?... Minta melhor.*
> *Tá me chamando de...*

e o auê troava.

no meio disso a menineira vinha botar
xilitos-pirulitos-cinquenta-centavos-de-bala

    na conta do pai
        da avó
        da tia.
vinham buscar encomendas.
pedaços-de-sabão.
quartas-de-farinha.
e trazer notícias de casa que era hora de voltar.
que era hora da janta.
que era hora.
que.

saía um
vinha outro
seguindo o encompridar da história
– a mesma história –
o começo já não importava.
importante era entender
pra logo ter o pezinho
e botar seu ponto ao nó cego sem fim.
ia a história –
o patrimônio diário de todos.
meio disso os que apenas benziam os dizeres
sem tirar nem pôr
acoitando o converseiro sem rumo.
balançavam a cabeça –
ora pra sim
ora pra não.
acochavam o sorriso aos lábios sem dentes.
tragavam um cigarro aqui outro ali
e se iam.
quando uma mentira ultrapassava a anterior

a teima começava
e pai regia a zoada.
negava cana ou mandava pra casa
os que já não podiam.
freava a gritaria com o aumentar do som choroso no rádio.
mudava o assunto de laranja pra abacate
adiando a briga pra diante.
dava razão ao mais fraco pro valente s'aquietar.
e por fim fechava a conta.
os que deixavam as pernas ao chão –
o carrinho-de-mão posto a serviço
para a entrega a domicílio
ou o convite a qualquer parente
vir dar um endereço à vítima –
ré de suas próprias aventuras.
dado rumo aos passos que ali se guardaram
por sabe-se lá quantas horas
o dia dava-se por satisfeito.

ao interruptor apagavam-se as luzes.
o portão baixava sua pálpebra única calando-se.
calando e guardando a rua
ao cadeado entaramelado
– último relógio do dia –
que de-manhãzinha no troar do latão
retornava ainda meio caduco
com o poste acusando noite à bodega –
pedaço único da cidade.

a rua única

a rua única
há tantas décadas
deixada naquele pequeno lugar
– sertão adentro –
cravava-se na fotografia
em minhas mãos
a dizer tanto de meu pai.

> *Essa rua, a minha primeira invenção.*
> *A única talvez.*
> *Não a pude aproveitar.*
> *Pude não.*
> *Pude não.*

dizia.
nunca por lá voltou.
questão própria.
não voltou.
guardou-a morte
adentro.

há dias meu pai partiu.

naquela rua moramos.
sem nunca.
ela: ali
invenção desde sempre.
a rua.
ar-ti-go-de-fi-ni-do.

a rua.
única rua.
estampada numa fotografia em preto&branco.
única rua daquele lugar
(que eu nunca pisei).
por muitos e muitos anos
um porta-retratos na nossa estante.
tal qual um parente distante.
tal qual o que não se permite esquecer –
meu pai não (nos) deixou.

eu queria lembrar.
a queria.
já sem pai –
tudo era lembrar.

da rua-foto tomei-a no bolso
inventei uma mala
tomei o ônibus
já sem horas
parti –

dessa vontade
– à rua de meu pai –
não a primeira vez:
outras tantas.
com ele até
o chamei
o chamaram
quis não.
brigava que não.

Não. Fazer o que lá?
Tudo que tinha por lá, já fiz.

eu desentendia.
eu simplesmente.

—

no ônibus:
a lonjura se debulhava no horizonte que não.
eu sabia.
eu lembrava.
na foto:
uma rua única a acabar antes do corte:
    sete casas e o chão
      o céu sem vaidades não puxava vistas
      e meu pai ali a entrançar entre elas.

ainda lá moravam?
ainda?
a mesma rua?
a mesma?
emendara-se?

na foto:
a rua – única –
há tantos espaços de tempo.

e seguia o ônibus.
desconversando.
eu seguia.

o que eu faria ao descer?
a quem procuraria?

o mapa já não me dizia onde.
(?)

e só. ia.

[...]

vencida as horas
vencida a estrada
desço.

 Aqui?

já dia.
outro dia.
teso –
mergulho os olhos buscando
a fotografia guardada
(em mim)
e ali não.

arrasto passos entre as ruas da cidade curta
insisto falas com quem por mim passa.
guiam-me à rua única.
  à fotografia
  que não mais.

muitos surpresos guiam-me
à rua que nunca viram.

 Êta! Dessa época tem mais ninguém aqui não.
 Tempo demais.
 Tempo demais.

e chego.

não.

ali não mais. e entendo meu pai.

tudo já não era.
as casas outras
um outro chão
também o céu –
a rua outra.
não mais a rua de meu pai.

> *E, que bom!*
> *Roubo não o direito de ser de ninguém.*
> *De ninguém.*

aos sussurros meu pai me dizia –
de passagem deve ter deixado
um rouco bom dia.
e foi.
e entendo.
pai ali não mais
e também.

—

nos mesmos passos
retorno.
no ponto de ônibus:

> *Qual a próxima viagem pra *****?*
> *Às cinco, senhor.*
> *Uma, por favor.*

espero entre cervejas.

no ônibus aquieto as pernas.
vasculho no celular uma foto de meu pai –
ele sorri.
suspiro.
e durmo.

pedido

os carrinhos-de-mão rangiam
enquanto o moleque corria de um lado pro outro
co'uma lata rasgada de querosene
despejando óleo queimado
nas engrenagens em movimento.

Corre, muleque.
Tempo não pra esperar tua moleza.

e assim seguia a escrever no preto do diesel
a estrada com os erros no alvo.
e lá ficavam tal qual passos cicatrizados
amanhã já engolidos pela poeira.

a tal hora da manhã
zunia gritos do indicador
cobrando a presença do peão que faltara.

Num quer trabalhar não?!
Nunca passou necessidade.
Deixe vir atrás de serviço de novo.
D'estar.
Já bem dizer agosto
e as festas de nos'senhora do Perpétuo Socorro
esperam não.
O prefeito é me cobrando:
"Não deixe de mão a estrada da Amanaiara.
A eleição já em novembro
e posso não arrumar falatórios por coisa besta."

o ano não foi de todo ruim.
deu pra tirar a semente roçados adentro
mas sem as emergências
daria conta não.

> *A salvação.*
> *Coisa mandada por Deus, cumpade.*

o moleque arrumou uma pontinha depois dos bons serviços
que se diziam dele na roça.

> *Menino esperto.*
> *Querendo trabalhar, serviço num falta.*
> *Mas não tem como pagar diária toda não.*
> *Muito novinho ainda.*
> *Nem documentos tem.*
> *Se vier, saiba que a gente faz um favor.*

com olhar baixo – assentia:

> *Vou com todo gosto, sêo.*
> *Amanhã cedo já tô no meio dos homens.*

trabalho guardado carne adentro.
futucavam em picaretes e alavancas
terra de onde dava
e emborcavam em valas rasgadas por grotas meses atrás –
e a estrada se punha de pé.
se punha no chão.
passos inaugurados.

compensava não voltar pra casa no almoço.
ali debaixo de um juazeiro ou oiticical
cumbucas das seis da manhã
destrinchavam a fome
para depois um cochilo minguado
ou mesmo risadarias do lembrar presepadas alheias.

sempre havia quem puxasse.
o moleque sempre a vítima.
a idade o condenava
sabia que teria tempo –
não assumindo
com fraqueza mangava de si próprio.

e o sol condenatório de meio-dia
pra tarde esmorecia.
o polme de poeira maquilava os rostos lavados em suor.
nada escondia o menino que sem intercessor
seguia remediando as engrenagens
e já sem mãos –
graxa.

driblando veredas
o resto de sol murmurava
a hora do chegar em casa.
só.
naquele primeiro dia
de longe
avista a mãe com o irmão menor ao colo
já marcando às seis horas com o sinal da cruz

que de longe
sorria.

A bença.

em um beijo às mãos tisnadas
o puxa a um tamborete para

> *Não perder a Hora do "Anjo".*
> *Agradeça, meu fii, agradeça.*

devendo obediência
sabia o que havia pedido
mas não sabia o que agradecer.

a ponte

à beira da ponte
pai apontou pra uma cruzeta ribanceira abaixo.

> *Eu vi nesse dia, junto do teu tio.*
> *[...].*
> *Já na Caiçara se ouvia o vuco-vuco do trem vindo*
> *da Amanaiara.*
> *Em dez minutos, estaria na Reriutaba.*
> *Nós, a pé, se apressássemos, pegaríamos a chegada*
> *dele na estação.*
> *Quando entramos na rodagem, ele aponta.*
> *Sem dar tempo cruzar, freamos.*
> *Era coisa bonita ver o trem passar.*
> *Esperamos.*
> *Quando na ponte, o apito.*
> *Uma pancada.*
> *Deu pra ouvir junto os gritos que cobriam o zunido*
> *do bicho.*
> *Em nossa frente o trem freia, rajando faíscas*
> *dos ferros.*
> *Nos assombramos.*

estreita a ponte do peixe a cruzar o riacho do juré
– naqueles dias com água ralinha –
cabia de lado a lado
apenas um palmo
entre o trem e as treliças
de sua armação belga e nada mais que isso.

há mais de cinquenta anos
era o anúncio visual da próxima estação
a apenas meia légua –
reriutaba.

> *Ficamos quietos.*
> *Que marmota era aquela?*
> *Um anúncio pra nós?*
> *Até que desembestam uns dez passageiros*
> *trem abaixo rumo ao riacho.*
> *Corremos em vista.*
> *[...].*
> *Ali – Meu Deus!*
> *outra viagem.*
> *Dentro de uma cacimba afogada*
> *a cabeça do passageiro que nunca podemos conhecer.*
> *Ficou degolada na ponte ao pôr a cabeça fora*
> *quando o apito do trem. Foi guilhotinada sem aviso.*

em entalo duvidava daquela história
que de tão distante rasurava a verdade.
teimando a crença
lá estava a cruz
anunciando aquela estrada que ficou.
eu escutava.

> *Aos berros viam e desviavam olhares para desacreditar.*
> *Abismados –*
> *pedramos.*
> *Os que desceram, voltavam mudos a dizer o que*
> *não conseguiam aos demais.*
> *Outros mudos ao lajeiro – acocorados.*

Chegamos mais perto.
Desvimos.
Noutro olhar, acima, o corpo ainda pendurado à ponte.
De um olhar, decidimos.
Seríamos nós a desfazer aquilo.
Morro acima abarcamos e já,
na ponte driblando os dormentes do trilho,
em nossos braços o corpo estava.
Seguimos.
À porta subimos entregando em sentinela ao parente
que chorava dor
abraçado à cabeça que punham sobre seu peito.
Fechadas as portas, o trem carrilha o seu rumo.
E ali seguimos.
Em Reriutaba, o apito não soou.
Sem abraços
todos eram olhos ao defunto em pedaços que
da viagem acabou mais cedo.
Ali, sem qualquer pessoa à nossa espera,
eu e teu tio descemos,
chegando aonde não iríamos.
Acho que nunca voltamos.

com o olhar em vidro a dizer tudo –
suspirou e alavancou o passo
quando já perto o trem anunciava seu
barulho pelo mesmo caminho.

minha cabeça já não estava ali.

litígio

dias antes assumiu o risco.
e hoje na volta pra casa
ganhou uma promessa de morte.
sabia do entrave
e a um canto
só ouviu.
depois mais nada.
trôpego perdeu-se na rotina.
sozinho sabia não.
seguia pra casa?
tomava um ônibus?
perdia-se?
bendita maldita
culpa.
maldita boca.

Teria coragem mesmo?!

tinha idade não pra supor:
morrer (?).
como se morre?
descabimento.
morrer não é lá uma coisa
que se aprende em casa
não é coisa que mãe ensina.
ainda mais assim duma hora pra outra

Não, não posso.
Não agora.
Morrer não.

nessa idade por ali não se morre.
não se morria.
assunto doutra gente
motivo pra fuxico de bodega.
anteontem não sabia.
ainda embaço.
propriedade do vizinho
e só noutra rua.
viver bastava.
viver.
viver.
viver.
não se dava conta.
o que a vida se não?

fenestrou esconderijos aos dias que iam.
vistas ao emborco.
nunca tanto se viu
nunca tanto se demorou.
ao espelho notava-se em perguntas do amanhã.
namorava-se em latejos
tateando os atrasos sem encontro algum.
tudo dormente.
quede o mundo?
quede o eu?
rasa geometria mergulhada ao medo de véspera.
tudo ainda seria.
tudo.

tudo.
tudo.

    Mais tarde eu morro?

em casa
– parelho ao seu eu-outro –
a um fim gagueja silêncio.
em sentinela a um pedaço de tempo –
que o engole e o ilude:
diz-e-diz-e-diz-e-.
ao sofá inventado
partilha a atenção da lâmpada
que nada esconde.
mingua o amanhã.

    De que vale tudo isso?
    De que vale o outro amanhã, se mais nada?
    Aqui, eu morro, mas fico.
    O que dá pra viver.

dia um.
dia dois.
dia tanto.
dia.
dias.
naquele mesmo canto
– única vida –
quarava.
não mais ia.
não mais vinha.
não.
espatrechou a rotina.

deixou de lado tudo o que não mais lhe cabia.
a rua –
um cinzeiro de passos
que à porta descontinuava-se.
da janela esqueceu.
guardada à cortina feriu-se em desuso.
e iam os dias
e ele escondido àquele eu-sem-depois.
a promessa cumprida
engolida pelo próprio rumor.

–

sob tantas curvas do calendário –
semanas
anos
anos.
anos.
a denúncia da validade da promessa.

> *Venceu?*
> *Venci?*
> *Mesmo?*

esmorecera sorrindo.

> *E agora? A vida.*

enfim.
e ele.
tudo começaria.
riu-se.
anos e anos coalhados ao mesmo dia.
acreditando que tudo

morava por um só motivo.
e agora enfim.
enfim.
mas

não sabia.
não sabia.

trôpego –
acenou com um riso sem o esconderijo
que já pouco valia.
aos primeiros passos fugia do antes
– sua sombra –
mas.
já não sabia se perder.
tudo ele.
nele.
des-escond(eu)-se.

–
destrava o cadeado e emburaca rua adentro.
a lua de rabo de olho desentendia.
ele ainda duvidava
que o amanhã não importava.

despedida

àquela tarde
fixei meus olhos de novo àquele vácuo no quintal
e de repente já não vi meu pai
depois de tudo a primeira vez
mas ainda tudo ontem.

–

há tanto
eu o encontrei atado ao próprio fôlego
já numa cor nula na sombra do pé-de-seriguela.
sem gritos curvei o choro
à minha própria carne.
sangrando em soluços que não dispunha.
sem demora apenas o olhava duvidando
se início.
se fim.
quieto o instante quarava
e findando uma última bênção
um passarinho no seu ombro pousa.
o máximo que podia.
ao voo – despedida –
subo a desatar o que jaz.

ao quarto
mãe embrulhada ao próprio sono
ainda não.
ali eu choro
rasurando seu descanso que não voltaria.

duvidando correu para desacreditar.
gritos.
lamúrias.
a rua a tomar a notícia.
e em pouco já tudo como devia ser.
ainda de tarde
o cemitério
e no cair da noite
a poeira batida.
foram outras noites.
as manhãs de novo a repetirem
o mesmo medo.
retornando o perigo
da mesma cena
da mesma corda.

ainda aqueles dias
destronquei a árvore cúmplice.
e o quintal todo sol.
nu.
e ao fim e de novo
sem luz qualquer.
tudo sombra de fora pra dentro.
dali mesmo desisti
e de canto o deixei.
mãe engolira as próprias dúvidas
e acabrunhada
desiludiu-se com outros começos.
um todo fim.
eu a guardava ofertando utopias.

único remédio.
última crença.

—

àquela tarde
fixei de novo meus olhos
e não vi meu pai àquele vácuo no quintal
quando um passarinho à janela
pousou desfazendo a despedida.
à mesa mãe tomava café
e de relance sorriu.
era um dia nublado
e tudo clareou.

sentinela

duas da tarde.
abria naquele instante
a porta do comércio.
só deu tempo de.
sêo milton falecera.
trancado o cadeado –
corri.

ele era parte da família.
viveu a vida ao lado de meu avô.
cuidou da casa até esses dias
e (mais ainda) quando há anos vovô partiu.
tinha voz alta – nunca cobrando mando.
pairava.
sempre sua bênção o guardava.
da última vez
– já sem dizer –
apenas apertou minha mão.

morava entre veredas
na antiga casa centenária
à margem do riacho do sombrio.
longe das ruas.
não cabia em mapas.
os dias sempre mais cedo.
as noites sempre.
conjugava a vida verbo adentro.
era.

e de repente não mais.
passara os últimos dias
arquejando no balanço rede à rede.
naquela tarde sossegou.
não minto que já esperávamos.
de toda forma doía.

corremos.
não era longe.
tampouco perto –
eu ainda saberia.

–
já uns tantos presentes:
    gente da rua
    família da gente
    outros dali.
funeral posto.
e caminhava a tarde no relógio.
olhares abafados
esbarro de abraços.
soluços

: mourejava.

preparado para o choro fui –
enfiando o olhar na feição de *sêo* milton
guardado ao caixão
desencontrei.
já outro motivo.
onde eu me punha?
já não sabia.
eu não sabia mais.

o choro eu já não tinha.
olhei.
olhei.
dormi o queixo ao pescoço
e ao primeiro canto da sala
disparei para des-entender.
não era uma linha reta:
encontros.
encontros.

> *Quanto tempo?!*
> *Meu Deus.*
> *Assim a vida...*
> *Só Deus sabe o que faz.*
> *Só Deus.*

sim!
uns choravam.
outros
[...].
sentei.
o que ali devia?
tudo não seria triste?
não.
(?) também –
mas como *sêo* milton
se punha ser.
alheio eu assistia.
eu?

sempre fui da cidade
e por ali

ia
vez ou outra festejar a família.
conhecia o chegar
o estar não dava tempo.
creio que fosse isso.
na cidade não era assim
morrer sempre foi doutra forma
uma burocracia sem tamanho
e eu não sabia o que entender.
mas era bonito sentir.
era bonito.
fiz questão.

    Como se morre?
    Como?

era doutros jeitos também.

lá fora a tomar o alpendre as conversas
enovelavam-se entre lamentos
lembranças e ao seguir
lorotas sem qualquer pertencimento.

    Como pode?

jaz um acontecimento de todos.
os que iam partiam à chegada doutros.
uma solidão conjunta
a tudo conversar sem aceno ao adeus.

tudo era presente naquela bancada de saudade.
de volta dos roçados

– ali –
paravam primeiras perguntas:

>   *O enterro, que horas amanhã?*
>   *Êta, Milto-véi, vai fazer falta.*
>   *Pois mais com pouca, a gente volta.*

iam
não com desculpas.
iam.
e ali ficaríamos até amanhã fazendo sentinela.

escurece.
cuidadosa a noite se espraia
entre a caatinga dormente.
as veredas se guardam.
sem postes só a casa encrenca
ao terreiro um foco de luz.
o que basta.
ao longe grilos
jias raspando cuias
entaramelam seus grunhidos aos tilintares de xícaras às
bandejas.
do choro que já houve
não mais.
e eu ainda não sei.
distante se chega em procissão
passos lentos marcados
em focos de lanternas-à-pilha
zunindo fuxicos
entre as veredas tomadas pela noite.
e chegam.

chegam.
aos tamboretes se abancam.
um outro encontro.
eu procuro o motivo.
eu procuro.

—

e tudo acontece lá fora.
e *sêo* milton?
versam.
versam.
a sala paira
enquanto entrança um cachorro
peregrinando qualquer motivo
às nossas pernas e aos meus olhos para.
olhos marejados.
o olhar pedinte me acusa
e pergunta sobre.
sêo milton.
sêo m...
ali.
choro.

a um tamborete vazio me abanco.
escuto aqueles encompridarem mais o presente.
tudo ali: verbo
e eu quieto à poeira daquele dia.
das lembranças de sempre –
entendendo de novo.
a única ruína que tinha.
amanhã a mesma vida de novo.

do último gole

de um solavanco à minha rede
acordei com o tilintar de uma caneca de alumínio
no piso de cimento cru
ao tropicão aperreado de meu pai
na noite já sem luz.

socorrendo os pés ao chão
atolo-me na água derramada.

Minha Nossa Senhora!
Minha Nossa Senhora!

gritava vasculhando a cozinha.

O que foi, pai? O que foi?

Nada, minha filha. Nada!
Sabe se sobrou algum resto de leite?

Ali, pai, em cima do fogão.

Onde? Onde?!

gritava.

do pouco guardado de leite
ele corre da mesma forma que me acordou
e emburaca quarto adentro.

da fresta da cortina
vi mãe caída
molhada espumando uma nata pela boca.

> *Mãe?!*

corri.

> *Saia, minha filha.*
> *Saia daqui.*
> *Isso não é coisa pra você ver.*
>
> *Mas...?*
>
> *Saia! Saia!*
> *Vá ver se seus irmãos tão quietos dormindo.*
> *Saia.*

gritava.
chorava.

eu criança
ainda menina desentendendo
chorava sem pés a pisar no chão.

tudo dormente.

ao canto da parede
mergulhava na dúvida daquilo tudo.

> *Minha mãe?*

eu chorava.

[...]

meu pai esbravejando em um grito de agouro
anuncia aquele fim.

> *O que aquilo tudo?*

mãe à minha rede
havia me posto ao sono com um beijo à testa
depois de tomar sua bênção há poucas horas.
e ali sua despedida.
minha despedida.

descortinando a porta
pai sem gritos me encontra.

> *Por que isso? Por quê?*
> *Ela se envenenou.*
> *Ela quis.*
> *Uma caneca inteira.*

levanto
e em passos curtos
mergulho a cabeça àquele quarto –
um quase caixão
e lá ela guardada à morte
estava
e não havia mais nada.

pai à mesma parede trava-se.
ao seu ombro me encolho e calamos sem mais.
tudo latejo.

> *Mas por quê?*

em frestas de luz a rasgar a cortina do quarto sem vida
pai com os olhos a não caber na cara
vê o que ali podia já não estar
arrasta-se até as redes de meus irmãos.
outra caneca.

a mesma.
que na outra rede estava –
e à minha rede também –
a tilintar em seu tropeço.
o mesmo veneno.
a nós três o mesmo convite.

Meu Deus! Todos vocês, não. Por que isso?

multiplicando os braços
pai espatifa a casa que já não tinha.
atordoados meus irmãos
acordam com a mesma zoada que acordei.
me olham sem entender.
e todos nós num mesmo gesto
abraçamos nosso pai.
os meninos – mais pequenos que eu –
não sabiam de nada
e só me seguiam.
nossa morte ali estava
ali esteve
também
por um tropeço ali
ou
por um gole.

a morte emburacou.

a manhã exposta trazia mãe ao acusar de todos –
ao mesmo tempo vítima
ao mesmo tempo ré.

benziam-se.

já sabiam de todo o acontecido
e eu chorava.
aquela morte também minha
aquela morte em partilha
e ali não sabia quem estava mais morta.

—

mãe havia desiludido-se da vida
e nada poderia nem queria deixar.
muito menos nosso sofrer.
havia me comentado isso algumas vezes.
pedia resguardo do dizer.
e eu não disse.
ali àquelas canecas
expôs-nos uma escolha e nada pediu.
não vimos
nem ela.

passados todos esses dias
sigo a tropeçar dia a dia à mesma morte.
e isto é a vida.

ou não?

O texto "Sossego do susto" foi publicado na antologia *Da deglutição do bispo Sardinha* da Editora Peabiru (2022); e "À Margem" premiado como Destaque do XXIII Prêmio Ideal Clube de Literatura (2023) e publicado na antologia *Tiro de Letra* da Editora Óia (2023).

Agradecimentos a Yane Cordeiro,
Cleiton Furtado, Raymundo Netto,
Bruno Paulino, Phelipe Gomes, Zélia Sales,
Dércio Braúna e Antonio Miranda

mailson furtado

Cearense. É autor, dentre outras obras, de à cidade [vencedora do Prêmio Jabuti 2018 – categorias Poesia e livro do Ano]. Em Varjota|CE, cidade onde sempre viveu, fundou o Grupo CriAr de Teatro, em 2006, onde realiza atividades de ator, diretor e dramaturgo, é produtor cultural da Casa de Arte CriAr e editor das Edições CriAr. Possui obras publicadas em jornais, revistas e antologias no Brasil, França e Portugal e mais de 10 textos encenados no teatro. É provocador em cursos, oficinas e palestras sobre arte, cultura, literatura, teatro e mercado editorial.

www.mailsonfurtado.com.br
mailsonfurtado@gmail.com
@mailsonfurtado

Este livro foi composto em Minion Pro no papel Pólen Bold
para a Editora Moinhos enquanto Erasmo Carlos
cantava *É preciso dar um jeito meu amigo*.

*

Nos EUA, o novo presidente exigia pedidos de desculpas
a uma bispa de Washington que saiu em defesa de
imigrantes e da comunidade LGBTQIA+.
Era janeiro de 2025.